Maison des autres

Couverture : Thomas Jones, 1782, *Toits à Naples*, détail.

Titre original : *Casa d'altri*

© 1980, Giulio Einaudi, Turin
© 1988, Éditions Verdier pour la traduction française
© 1992, Éditions Rivages pour l'édition de poche
   106, bd Saint-Germain – 75006 Paris

ISBN 2-86930-594-X
ISSN 1140-1591

Silvio D'Arzo

Maison des autres

Préface d'Attilio Bertolucci

Traduit de l'italien
par Bernard Simeone

Verdier

Avertissement

Les premiers fragments de Maison des autres furent publiés dans le numéro de juillet 1948 de la revue Illustrazione italiana sous le titre Io, prete e la veccia Zelinda. Ce fut ensuite Giorgio Bassani qui édita le récit intégral dans Botteghe oscure en 1952. Roberto Longhi le reprit dans la « Biblioteca di Paragone » (Sansoni, Florence) en 1953. Une version plus courte, ici traduite, fut établie par Rodolfo Macchioni-Jodi et publiée une première fois chez Vallecchi à Florence en 1960, une seconde fois chez Einaudi en 1981. Cette dernière édition fut épuisée en quelques mois. S'il est indéniable que cette version correspond à un degré avancé de recherches philologiques, on peut néanmoins estimer que celles-ci aboutiront à un texte plus court. En effet, peu de temps avant sa mort,

Ezio Comparoni opérait encore des corrections sur le texte de son œuvre maîtresse.

Le lecteur pourra remarquer certaines incohérences concernant par exemple l'âge de Zelinda ou des distances kilométriques. Incohérences surprenantes dans un récit d'une telle perfection formelle, et dont l'itération est un des principes fondateurs. Bien entendu, je me suis fait le traducteur fidèle de ces discordances.

Mes remerciements vont à Attilio Bertolucci qui, outre sa précieuse préface, m'a fourni nombre d'indications de nature philologique ou lexicale et fut mon introducteur auprès de Paolo Lagazzi et Anna Luce Lenzi, tous deux fins lecteurs et exégètes de ce récit, auxquels va également toute ma reconnaissance. Enfin, j'exprime mon amicale gratitude à Philippe Renard pour sa relecture attentive de cette traduction.

B. S.

Préface

La fortune de Silvio D'Arzo dans la vie littéraire italienne est singulière. Son nom n'apparaît
presque jamais dans les panoramas et bilans, le
plus souvent répétitifs, qu'on peut lire dans les
journaux, les revues ou les livres, et qui voudraient
orienter le pauvre lecteur désireux d'être rassuré
quant à ses choix et préférences.

Mais demandez donc aux *happy few* quel est
vraiment le plus beau récit paru en Italie depuis
quarante ou cinquante ans : soyez sûr qu'écartant
sans hésitation tous les autres titres, on vous
répondra *Casa d'altri* (Maison des autres) de Silvio D'Arzo.

La raison de ce phénomène contradictoire ?
Peut-être la mort prématurée de Silvio D'Arzo, sa
vie provinciale, son indifférence à l'égard du succès ou encore le fait qu'il n'aurait écrit que pour

lui-même. Tout cela est vrai jusqu'à un certain point.

En évoquant brièvement la vie de l'homme et de l'écrivain, nous ne prétendons pas apporter réponse à la question que nous sommes les premiers à nous poser, à savoir : quelle est la cause de ce vague sentiment de culpabilité à l'égard de D'Arzo chez les moins superficiels des lettrés italiens, comme une petite douleur au fond de leur (mauvaise ?) conscience ?

Tout cela restera sans doute un mystère, peut-être une défense du destin contre la vulgarité du succès qui aurait pu troubler la pureté d'une figure aussi angélique, ou démoniaque...

Silvio D'Arzo, il faut d'abord le rappeler, est un pseudonyme, un de ceux, nombreux, qu'adopta Ezio Comparoni (ce nom est celui de sa mère Rosalinda, son père étant resté inconnu) : c'était aussi son préféré même s'il reconnut un jour avec ironie ses résonances dannunziennes. Silvio D'Arzo naquit à Reggio Emilia le 6 février 1920 et y mourut, sans en être jamais parti, le 30 janvier 1952.

Ne nous attardons pas à raconter sa courte vie : qu'il nous suffise de dire qu'il était soldat — comme la plupart des jeunes gens de sa génération — le 8 septembre 1943, jour de l'armistice italien et du début de l'occupation allemande, et qu'à l'instar des plus ardents, il déserta et rentra chez lui. Aucun autre événement extérieur notable ne marqua son existence, qui fut celle d'un garçon pauvre (sa mère tirait les cartes aux paysans qui, le jour du marché, affluaient au chef-lieu), très intelligent, brillant au point de sauter plusieurs classes et de passer très tôt sa licence. Il commença dès lors à toucher son modeste salaire d'enseignant qu'il reversait dans le maigre budget familial, n'en soustrayant que les quelques lires nécessaires pour acheter les livres de ses bien-aimés Stevenson, James, Kipling et Hemingway.

Il faut ajouter, et cela infirme l'hypothèse d'une vocation secrète et timide, le fait assez extraordinaire qu'à quinze ans, sans qu'on sache bien comment, il publia un recueil de récits : *Maschere* (Masques), au titre significatif, et un autre de poèmes : *Luci e penombre* (Lumières et pénombres), tandis qu'à vingt-deux ans, il publiait, chez l'un des plus importants éditeurs italiens, un roman, *All'insegna del Buon Corsiero* (A l'enseigne du bon coursier) qui fait montre d'une maîtrise de la narration et d'une grâce quasi mozartienne du style tout à fait surprenantes. En somme, le petit professeur de province voulait qu'on le lise, conscient qu'il était, avec mesure, de son destin d'écrivain.

De ces mêmes années troublées qui correspondaient à la guerre date le roman (autobiographique, quoique de façon déguisée) *Essi pensano ad altro* (Ils pensent à autre chose), publié à titre posthume en 1974 : un livre peut-être imparfait, mais d'un charme subtil avec une sorte de néo-romantisme existentiel qui n'a eu ni précédent ni suite dans l'histoire de la prose italienne.

Mais l'époque de la plus intense activité créatrice pour Silvio D'Arzo est celle qui va de 1945 à 1952, l'année de sa mort. C'est alors que je l'ai connu et rencontré une première fois dans sa ville, puis dans ma maison de campagne des environs de Parme, où l'amena un ami commun. Etant tous deux extrêmement réservés, nous avons parlé des auteurs anglais et américains (et aussi de quelques Français tel Maupassant alors passé de mode) qu'il aimait particulièrement et sur lesquels il a écrit des pages mémorables : nous n'avons rien dit de son propre travail. Il me paraît aujourd'hui si étrange que ce beau garçon aux traits réguliers mais ordinaires, correctement habillé (comme l'a noté Roland Barthes, on n'avait pas encore l'habitude, alors, de s'habiller « jeune »), n'ait rien laissé transparaître, dans l'ambiance propre à la confidence de mon salon, de son intense tourment d'écrivain, enfoui au plus profond de lui-même et qui devait faire jaillir à la lumière cette œuvre miraculeuse qu'est *Casa d'altri*. Et aussi ce livre en apparence mineur, cette admirable longue nouvelle : *Penny Wirton e sua madre* (Penny Wirton et sa mère) ; ce morceau de bravoure à la Stevenson est en réalité, fût-ce sous forme d'une narration mise à distance dans le XVIIIe siècle écossais, une déchirante allégorie de sa vie et de son rapport à sa mère. C'est le destin, non le hasard, qui a voulu que la première publication, posthume, de ce livre splendide, prenne place dans une collection pour enfants : n'en fut-il pas de même pour *L'Ile au trésor* ?

Casa d'altri est l'œuvre de Silvio D'Arzo dont la genèse fut la plus tourmentée : aujourd'hui encore, on discute pour savoir laquelle préférer d'entre toutes les versions du récit publiées après la mort de l'auteur. Les versions en question ne sont pas si différentes : quelle que soit à nos yeux la plus juste, celle que nous déciderons de lire ou relire, l'impression qu'elle fera sur nous sera tout aussi forte et durable. Et tandis que paraît cette belle et fidèle traduction française, je voudrais rappeler qu'à la première publication du récit dans les cahiers de la revue *Botteghe oscure* avaient très vite succédé des traductions en anglais, en allemand et en néerlandais, de même qu'une adaptation cinématographique plus qu'estimable du fait de l'interprétation des deux héros (si l'on peut dire...) par le grand Michel Simon et la remarquable Sylvie : adaptation quelque peu gâchée par une fin optimiste. Tout cela montre que l'œuvre, dès sa parution en revue, impressionna fortement ses lecteurs.

Mais qu'est-ce donc que *Casa d'altri* que D'Arzo écrivit à un moment incertain de l'histoire littéraire italienne, alors que succédait à l'« Arcadie » pâlissante de la fin des années 30 et du début des années 40 la « chronique », le néo-réalisme en somme, de haut niveau au cinéma mais très discutable sous ses formes narratives ? (Silvio D'Arzo était bien conscient de cette situation et il écrivit sur ce sujet une étude très lucide intitulée précisément : *Entre « chronique » et « Arcadie »*.)

C'est le lecteur qui répondra ou ne répondra

pas, car il est impossible d'enclore dans une formule cette histoire d'un vieux prêtre de montagne auquel une vieille lavandière, pauvre et seule, après quelques rencontres faites plus de silence que de dialogue, confie sa terrible question.

Rien d'autre : comme toile de fond de ce mystère tragique, une montagne dépouillée qu'habitent quelques pauvres gens, les paroissiens du prêtre, communauté à laquelle la vieille femme n'appartient pas car elle vit dans une masure loin du village, et près du torrent dans les froides eaux duquel elle plonge du matin au soir ses mains, pour son labeur quotidien.

Pas de repères dans le temps, juste quelques noms comme celui de la vieille Zelinda, qui ressemble de façon significative à celui de la mère de D'Arzo...

Le caractère essentiel des figures du chœur (les montagnards) les rapproche des sculptures romanes de cette terre, lesquelles relatent les faits de l'Ancien et du Nouveau Testament au moyen de visages et de corps qui, à l'évidence, ont la plastique « terrienne » des gens d'ici : des gens qui n'ont jamais changé en plus d'un millénaire, formés par les rudes tâches quotidiennes, l'inclémence du climat et la succession fatale des jours identiques, qu'interrompent seulement les fêtes et les deuils répétés selon le rite chrétien.

Tout cela pourrait évoquer une certaine grisaille, une certaine misère, mais les quelques couleurs (le violet des ravines, l'argent de la lune et de la neige), les quelques bruits (l'aboiement d'un chien, le tintement des clarines), possèdent une magie diabolique, hallucinante, qu'on ne retrouve chez aucun autre auteur de l'époque de D'Arzo ou des générations antérieures.

Et puis le récit, comme on l'a noté très justement*, recèle une grande charge de suspense que ne renforce aucun procédé ni expédient, mais pour ainsi dire naturelle et capable toutefois d'évoquer certains sommets du *thriller*. C'est une lecture risquée mais séduisante.

Quant au style de D'Arzo dans *Casa d'altri*, peut-on le distinguer de la structure du récit, l'un et l'autre étant parfaitement uniques ? La scansion rythmique, les grandes marges de silence, la tension des questions sont des qualités qui semblent relever de la poésie plus que de la prose. Mais aucune volonté de lyrisme n'a animé l'écrivain, ni l'intention de reproduire les douces cadences du *pœmetto* en prose traditionnel. L'humble et très haut dialogue entre le prêtre et la vieille ne pouvait trouver d'autre expression que celle, objective et sublime, à laquelle le jeune D'Arzo est parvenu au prix de nombreuses retouches, mais presque miraculeusement.

Attilio Bertolucci
(trad. B.S.)

---

* Paolo Lagazzi dans son étude : *Finale di partita*.

« Alors comme ça, en train, on n'y arrive pas, là-haut...

— Non. Ni même en car.

— ...

— Il faut trois heures à dos de mulet. Et pas l'hiver, bien sûr. Ni à la fonte des neiges. A cette époque-là, vous ne pourriez même pas en cinq.

— Euh... ça a pourtant bien un nom, je suppose.

— Oui, je crois que oui. C'est sans doute la seule chose que ça ait. »

Chapitre premier

Soudain, du sentier des pâturages, mais encore très loin, arriva l'aboiement d'un chien.

Tous nous levâmes la tête.

Puis de deux ou trois chiens. Puis le bruit des clarines de bronze.

Penchés autour de la paillasse, à la lueur de la bougie, il y avait moi, deux ou trois femmes de la maison, plus loin quelques vieilles du village. Jamais assisté à une leçon d'anatomie ? Bon. La même chose pour nous, en un certain sens. Dans le cercle rougeâtre du lumignon, tout ce qu'on pouvait voir, c'était nos six visages soudés les uns aux autres comme devant une crèche, cette paillasse au milieu, un bout de mur noirci par la fumée et une poutre noircie encore davantage. Tout le reste était sombre.

« Rien entendu, vous les femmes ? » dis-je en me levant d'un coup.

17

La plus vieille prit le lumignon et alla lentement ouvrir la fenêtre. Pendant un instant, nous fûmes tous dans le noir.

L'air tout autour était violet, et violets les sentiers, l'herbe des pâturages, les ravines et les crêtes des montagnes : et dans cette ombre, au loin, nous vîmes descendre vers le village quatre ou cinq lanternes.

« Ce sont les hommes qui rentrent des pâturages, murmura-t-elle en revenant vers nous, et dans dix minutes ils seront là. »

C'était vrai, et je respirai. Les mots me font honte, voilà la vérité : et les adieux n'ont jamais été pour moi. Surtout ceux-là. Sans en avoir l'air, je me dirigeai vers la porte.

« Alors comme ça, monsieur le curé », me dit l'une d'elles en s'approchant derrière moi, « nous, on le lave et on lui fait la barbe : et pour ce qui est de l'habiller, les autres y penseront cette nuit.

— Demain matin, j'enverrai la Melide coudre le linceul, dis-je. Et les pleureuses ?

— Elles voulaient trois cent cinquante lires, plus manger et dormir une nuit : on s'en passera. D'autant plus que nos parents de Braino pourraient bien venir eux aussi.

— Oui, ça n'en vaut peut-être pas la peine, dis-je. Demain, ce ne sont pas les gens qui devraient manquer. Il travaillait aussi aux *Mai**, si je ne me trompe...

---

* Théâtre populaire fréquemment pénétré de thèmes antiques ou de leurs variations dans les œuvres du Tasse et de l'Arioste. (Ainsi, dans la neuvième partie, l'allusion à la *Jérusalem délivrée* et à Roland et, ici, à Jacob et au roi Charles de France).

— Oui, Jacob. Et une fois le roi Charles de France. Et puis, après cinquante ans de pâturage là-haut à Bobbio, ils finissent par se connaître tous. »

La veuve se tenait assise près de la paillasse. Ici, en haut, on ne pleure pas facilement : elle aussi était immobile, figée comme, en ville, la vieille de la cathédrale qui reste là à attendre sa pièce. On avait emmené les petits-enfants dans l'écurie.

« Bonne nuit, dis-je à voix basse. Demain matin à sept heures, je serai là. »

Elle fit oui de la tête. Deux ou trois femmes m'accompagnèrent en bas.

Maintenant, on entendait plus clairement les chiens et les clarines de bronze, mêlés par instants à un piétinement. Derrière une vitre, un enfant toussait et on entendait dans les écuries les ruades des mulets et des bruits de mors. Il commençait à faire froid. Je traversai la petite place empierrée et deux rues pas plus larges qu'un bras : si étroites, vous dis-je, qu'un Falstaff comme moi ne pouvait que s'y frotter les coudes.

De l'étang, je me retournai pour regarder en bas. Sept maisons. Sept maisons adossées et rien d'autre : plus deux rues caillouteuses, une cour qu'on appelle la place, un étang, un canal, et des montagnes autant qu'on en veut.

Les trois vieilles étaient encore là, sur la marche, immobiles, sous la fenêtre ouverte, éclairée.

« Voilà tout Montelice, dis-je. Tout entier : et personne ne le sait. »

Et je pris la route d'en haut.

Chapitre II

Je haussai à peine les épaules.

Je ne dirai pas que c'était une question idiote, même si elle avait pu me sembler telle sur le moment : le fait est qu'idiote, n'importe quelle réponse l'aurait été.

Le garçon attendait en me regardant. Oui, il devait avoir vingt ans. Peut-être même pas : dix-huit. Dix-huit, en tout cas, c'était l'âge qu'il méritait, et hormis sa soutane noire, on ne pouvait rien rencontrer au monde de plus *neuf* que lui.

« Ce qu'ils font, ici à Montelice ? dis-je. Eh bien, ils vivent... voilà. Ils vivent et c'est tout, il me semble. »

L'ami ne dut pas se sentir bien satisfait. Il m'avait surpris là, sur ma chaise, pas même chaussé, avec une stature et un visage de Falstaff, en outre un peu endormi : et maintenant, cette réponse...

Par chance, il était plutôt bien élevé voire, en un certain sens, distingué : une chose toute nouvelle, je vous ai dit, tout juste sortie du moule.

« Ah ! Je comprends », eut-il la présence d'esprit de dire, comme s'il s'agissait en réalité d'une information bien précise et confidentielle. « Je vous comprends très bien. Ils vivent. »

C'était le nouveau curé de Braino. A peine arrivé, il avait entrepris de monter jusque chez moi prendre conseil. Et faire ma connaissance, bien sûr. Il m'avait aussitôt demandé un tas de choses : bal, communistes, moralité, ainsi de suite, et tout compte fait ne semblait pas tellement pressé de s'en aller. Mais le tout avec la plus grande délicatesse et toujours de biais, comme ça, sans même en avoir l'air. Pour moi, c'était comme un amusement que de l'écouter. Mais aussi, ma foi, une chose triste. Un peu triste. Vous regardez le costume de ce petit homme là-bas, employé à la mairie, peut-être veuf, et la première chose qui vous vient à l'esprit, c'est que le costume a été neuf lui aussi. Et le petit homme aussi, bien sûr.

« Et après, ils meurent », ajoutai-je.

Avec mes soixante ans sonnés et là par terre ces chaussures délacées, je ne risquais guère de paraître cynique.

« Oui. Ici, il n'arrive rien de rien. Et à Braino non plus, vous verrez. Ni dans toute la région, pour ainsi dire jusqu'à la vallée. En ce moment, les hommes sont aux pâturages et ne rentreront pas avant la nuit : quelques autres sont près des tourbières et les femmes ramassent du bois à droite et à gauche. Si vous sortez un moment sur le pas de la porte, vous réussirez tout au plus à trouver une vieille en train de souffler sur son réchaud. Et encore, avec de la chance... Ou une chèvre. Peut-être même seulement la chèvre. (En un certain sens, ce sont elles les patronnes du village : elles se tiennent sur le pas des portes pour profiter du passage s'il y en a.) Et dans deux semaines, même ces deux-là vous ne les trouverez plus. L'hiver vient vite chez nous, et il dure presque la moitié de l'année. »

Il ne devait guère me croire et sans doute, avec bienveillance, me méprisait-il un peu.

« Je voulais dire, les gens... les hommes, précisa-t-il poliment.

— Ah, les gens. La même chose là aussi. Là aussi, la vieille histoire du médecin municipal. Le garçon arrive frais émoulu avec les félicitations du jury et s'imagine faire Dieu sait quoi : et puis, il aime jouer un peu au martyr. A certains — juste un peu, bien sûr — le martyre ne déplaît pas du tout. Au début, il fait toute la montagne à dos de mulet, entre dans toutes les écuries, et ça n'arrête pas. En outre, pour se tenir informé, il s'abonne à trois ou quatre revues. »

Je vidai mon verre de gnole. Lui aussi effleura le sien des lèvres, mais à peine, comme ça, comme aurait fait un jeune écureuil.

« Puis il s'aperçoit qu'il n'y a que des cas d'arthrite : sciatiques et arthrites, sciatiques et arthrites, rien d'autre... Alors, il ne lui reste qu'à prescrire de l'iode, et à engraisser. »

Il me répondit d'un simple regard.

« Oui, comme moi. Exactement.

— De grâce — il me sourit. Je ne voulais pas dire cela.

— Je peux aussi vous comprendre, allez », dis-je, un peu trop paternellement j'en ai peur. Mais le garçon n'était pas homme à accepter cadeaux de la sorte.

Il se leva en souriant.

« Certes, il faudra se donner du mal, conclut-il en m'ignorant poliment. Il faut chercher de nouveaux moyens. Chaque époque réclame ses moyens, vous ne trouvez pas ? »

Il avait raison, d'accord, et j'aurais pu tranquillement lui répondre oui. Mais le fait est qu'il n'avait que trop raison et pour moi c'est plus ou moins comme avoir tort, et même pire. Et puis il y avait tant d'autres choses. Je lui répondis d'une tout autre manière.

« Une chose, dis-je. Avez-vous jamais vécu dans un village de montagne, disons plus ou moins comme le nôtre, pendant un mois entier de pluie ? »

Il me regardait un peu étonné. Mais néanmoins pas plus que ça, voire, me semblait-il, un peu amusé.

« Et pendant deux mois de neige, peut-être ? Mais je veux dire : de neige. Certes pas comme en ville ou dans la vallée. »

Il attendait pour voir où je voulais en venir.

« Eh bien moi, en revanche, si. Et pendant plus de trente ans. Plus de trente Noëls, vous savez... »

24

Il avait vraiment de la ressource, cet homme. Il parvint à me regarder avec la méfiance la plus respectueuse du monde. A présent, il devait voir en moi un curieux spécimen de faune locale, mais au fond pas trop antipathique : le dernier des Mille ou la vieille domestique sourde qui a servi en ville cent ans dans la même famille.

« Et qu'arrive-t-il ? me demanda-t-il par simple politesse.

— Rien, je vous l'ai dit. Il n'arrive rien de rien — je cherchais à me reprendre. Sauf qu'il neige et qu'il pleut. Il neige, il pleut et rien d'autre. »

Finalement, je trouvai même le courage d'enfiler à nouveau mes chaussures. L'ami eut la délicatesse de se tourner pour regarder son chapeau.

« Et les gens, dis-je en conclusion, restent en bas dans les écuries à regarder la pluie et la neige. Comme les mulets et les chèvres. Exactement. »

Sur le pas de la porte, nous nous arrêtâmes un instant. Il avait pourtant bien quelque chose à me dire. Une chèvre glissa sa tête à l'intérieur : elle nous dévisagea, un peu déçue, puis s'en alla comme si elle était de la maison. Elle reviendrait plus tard.

« Vous voyez ? dis-je à nouveau, en suivant la chèvre des yeux. Rien de rien, voilà.

— Ma foi, il peut aussi se produire quelquefois des rencontres de ce genre. Comme celle d'aujourd'hui avec vous — il s'esquiva en souriant. Ici, c'est déjà quelque chose. Merci bien. »

Il descendit du côté de Braino, tourna à gauche.

Il était svelte, élancé, tout vêtu de neuf. Oui : dix-huit ans, c'était évident. La chose la plus jeune du monde. Et aussi la plus vieille, qui sait.

Chapitre III

Ce fut un soir. A la fin octobre.

Je revenais des tourbières d'en haut. Ni content ni triste, comme ça. Sans même une pensée en tête. Il était tard, il faisait froid, j'étais encore sur la route : je devais redescendre chez moi, voilà tout.

La nuit n'était pas encore tout à fait tombée : on entendait par instants les clarines des moutons et des chèvres çà et là un peu avant les pâturages. Juste l'heure, vous comprenez, où la tristesse de vivre semble grandir en même temps que le soir et vous ne savez à qui en attribuer la faute : mauvaise heure. Un écureuil traversa la route en courant, glissant presque entre mes pieds.

Alors seulement, au bout du canal qui coulait vingt mètres plus bas, penchée pour laver du linge, de vieilles guenilles, des boyaux ou quelque chose d'approchant, je vis une femme un peu plus vieille que moi. Sur la soixantaine, vous savez.

Dans tout ce silence, ce froid, cet air livide et cette immobilité un peu tragique, la seule chose vivante c'était elle. Elle se penchait — avec peine, me semblait-il — plongeait les guenilles dans l'eau, les tordait et les battait, et ainsi de suite. Sans lenteur ni hâte, et sans jamais lever la tête.

Je m'arrêtai au bord du talus pour la regarder. Un caillou glissa jusque dans l'eau, mais la vieille ne s'en aperçut même pas. Une seule fois, elle s'interrompit un moment. Elle porta une main à son flanc, jeta un coup d'œil à sa brouette sur la berge et à la chèvre qui fouillait dans l'herbe : puis elle recommença.

« Eh bien, dis-je en moi-même, quand il s'y met pour de bon, le monde peut être bien triste, va. Il est doué pour ça, et même un homme, jamais, au grand jamais, ne pourrait en faire autant. »

Il était tard. Vraiment tard : on voyait çà et là deux ou trois étoiles. Je poursuivis mon chemin.

Mais le soir d'après, même chose. Et le suivant, et puis l'autre encore. A la même heure, elle était là, au bout du canal.

Ni soleil, ni lune, pas âme qui vive aux environs : ces mêmes clarines de bronze un peu avant les pâturages et partout la même immobilité.

Vous êtes parfaitement libres de rire, mais à cette heure-là les cailloux eux-mêmes étaient tristes, et l'herbe, désormais d'une couleur presque violette, plus triste encore. Et elle toujours là-bas, penchée sur les dalles de pierre. Elle plongeait les guenilles dans l'eau, les tordait, les battait et ainsi de suite. Sans hâte ni lenteur, comme ça, et sans jamais lever la tête.

Ce n'est rien de le dire, il fallait le voir.

« Non, dis-je en la regardant bien. Je ne crois pas la connaître, celle-là : cette vieille n'est certes pas d'ici ; c'est sans doute un oiseau égaré. Il vaut mieux, de toute manière, que ce soit elle qui vienne me voir. Tôt ou tard, elles viennent toutes me voir. Et puis surtout, que pourrais-je bien lui dire ? »

Car désormais j'étais un prêtre de kermesse, un prêtre de kermesse et rien d'autre, il n'y avait plus aucun doute là-dessus. Pour un mariage sans façons, pour le catéchisme aux enfants, voire pour mettre d'accord sept chevriers à propos d'un bout de pâturage, je n'étais pas pire qu'un autre, ou encore quand un mari commençait à manier un peu trop la ceinture. Voilà quel était mon lot, désormais : le reste n'était pas pour moi.

Bon. Cinq soirs de suite, je la vis là en bas.

Plutôt comique, non ?

A deux pas à peine de la berge, je souhaitais ne plus la trouver : mais un soir où elle changea de place et où d'abord je ne parvins pas à la voir, je fus à deux doigts de lui crier quelque chose.

Chapitre IV

Passèrent huit autres jours, puis dix. L'automne était déjà à l'agonie. La nuit, les haies se couvraient de givre et la lune était devenue plus froide que la pierre : dure, ronde et précise comme elle ne peut l'être qu'à Noël, et les deux nuages qui l'entouraient ressemblaient à de la buée.

A six heures, on sortait dans la rue et on ne sentait que l'odeur de la polenta et des châtaignes bouillies dans l'eau. Alors, le bruit des clarines de bronze arrivait au pays depuis un mille ou deux, voire davantage.

Mais la vieille ne se montra pas.

« Tôt ou tard, ils viennent tous me voir, me disais-je. D'autant plus que l'hiver est à nos portes. Tôt ou tard, je le sais, ils finissent tous par venir. Elle aussi devra sortir de sa tanière. »

Mais non. L'automne passa à son tour. Les

31

haies n'étaient plus maintenant qu'épines enche-
vêtrées : les hommes mettaient déjà la dernière
main aux pièges qu'ils porteraient en haut, dans
les bois ; et la vieille ne sortit pas de sa tanière.

Je fis ce que je n'avais jamais fait auparavant.
Je décidai de m'informer à son sujet. J'offris deux
peaux de lapin à un garçon qui me servait plus ou
moins d'enfant de chœur et je l'envoyai au bois
aux ravines. Il rôda à droite et à gauche deux jours
durant, parce qu'en vérité c'était un brave garçon,
plein d'idées et d'expédients et, pour là-haut,
presque bien élevé : il monta jusqu'aux tourbières,
aux ravines, aux pâturages et ne réussit pas à
découvrir grand-chose. Je lui offris une troisième
peau : il poussa jusqu'à la lisière de Bobbio, et ce
qu'il y avait à savoir je le sus.

Elle vivait seule, plus loin que le sentier des
ormes, juste à la limite de la paroisse, et après ce
ne sont que ravins, tourbières ou pire encore, si
toutefois pire peut exister : elle était arrivée depuis
peu, et sans dire mot à quiconque, montant de cet
endroit de Bobbio où quatre ans plus tôt les Allemands avaient brûlé jusqu'aux pierres ; elle s'appelait Zelinda, fille de feu Primo Icci, elle avait eu
soixante-trois ans le 8 août et lavait maintenant
guenilles et boyaux du matin au soir là-bas au
canal pour quelqu'un ou quelque entreprise d'un
village de la vallée où l'on trouvait déjà un peu
d'industrie.

Chaque soir, à la tombée de la nuit, elle venait
par la route d'en haut avec ses guenilles, sa

brouette et sa chèvre (gagnée, semblait-il, à la loterie d'une kermesse) : le long des haies, elle se penchait à chaque pas pour ramasser des brindilles sèches ou même du papier, et devant la chapelle de Jésus se signait et baissait la tête. Pas une seule fois à la procession, aux vêpres ni à l'église.

Voilà ce que je pus savoir.

Le soir du neuf, j'apprenais à jouer la comédie aux enfants. La porte s'ouvrit et la Melide entra, avec trois ou quatre fromages de chèvre. Elle revenait de coudre le linceul d'un vieux. Pour eux s'approchait la mauvaise saison. Quand commençait l'agonie, on venait aussitôt la chercher : elle veillait une, deux ou trois nuits, lavait le mort et cousait son linceul, et chaque fois revenait avec quelque chose dans les mains.

« Une vieille vous demande. Elle est dans le bureau.

— Je sais, dis-je, je sais. (Mais c'était en fait toute une histoire.) C'est moi qui lui ai dit de passer. »

Je voulus paraître gai :

« Et à présent merci, bonne nuit, faites de beaux rêves et portez-vous bien jusqu'à demain matin, mais le fait est, braves gens, que pour ce soir je n'ai plus besoin de vous. »

Aussi, tous s'en allèrent et je restai seul à la cure.

Le couloir était plus noir qu'un four et à la vue de cette raie de lumière qui sortait par la fente de la porte, je me sentis comme en dette : le créancier est là qui attend et on ne sait quoi faire parce qu'on a déjà dépensé tous ses sous depuis un bon bout de temps et tout ce qu'on a, c'est quelques pièces de cuivre qui tiennent dans une main.

Cela ne m'était pas arrivé depuis des siècles et me donna à penser.

J'entendis les enfants se dire au revoir dans la rue. Un caillou roula sur la place. Une porte puis une autre se fermèrent. Celui qui habitait près des tourbières continua sa route en sifflant.

« Et voici ma vieille », pensai-je.

Au bout d'un moment, j'ouvris la porte. Elle était là.

Chapitre v

C'était la première fois que je pouvais la voir de près et je me mis à la regarder attentivement.

Elle avait une peau sombre et rêche, des cheveux couleur gris pigeon, des veines plus dures et plus saillantes que celles d'aucun homme. Et si un arbre peut de quelque façon servir à évoquer un humain, eh bien c'était un vieil olivier des fossés qui lui convenait. A la voir ainsi, il me semblait que ni la fatigue ni l'ennui ne pourraient désormais rien contre elle : elle se laissait vivre et cela suffisait, voilà tout.

D'une main, je lui montrai la chaise. Mais elle sourit d'une manière sauvage, baissa légèrement la tête et s'approcha du bureau.

« Voilà, commença-t-elle un peu indécise. D'abord, vous ne me connaissez même pas... »

Je l'interrompis en souriant :

« Ma foi, depuis quelque temps, il ne souffle pas un trop bon vent pour nous les prêtres, je sais bien. Mais il me semble que nous n'en sommes pas encore là. »

Et je dis cela sur un ton propre à lui faire comprendre que tout ce qu'un homme peut apprendre sur un autre : nom, rue, métier, ainsi de suite, je l'avais appris depuis un bout de temps. Le reste, c'était justement d'elle que je l'attendais.

« Je disais, précisa-t-elle en regardant de biais, que je ne me suis jamais montrée ici avant aujourd'hui...

— Bah, l'hiver est à notre porte, il y a un tas de choses à faire : et pour vous, c'est encore pire, je suppose... Qui vous dit de venir à la cure ? L'important, c'est de ne pas perdre son numéro. Il peut toujours sortir, voilà tout.

— Mais je ne l'ai pas perdu, dit-elle au bout d'un moment avec un sourire, comme si utiliser les mêmes mots que moi, c'était boire au même verre.

— Et vous avez bien fait. Et comment ! J'espère bien que ce sera le bon. »

Mais elle ne se décidait toujours pas à parler. Aussi, pour lui faire vider son sac, pensai-je que le seul moyen était de faire comme si elle n'était pas là. Sur le bureau se trouvait un almanach vieux de cinq ou six ans : je le pris, me mis à le feuilleter et à le regarder comme s'il avait une grande valeur.

« Voilà, me disais-je, la vieille n'a pas encore parlé, il se peut qu'elle se fasse encore prier et prier, et dise encore non une année entière. Et plus elle tarde à parler, plus c'est signe que la chose est importante, je sais bien : jusque-là, je peux encore comprendre. Mais j'ai vraiment peur de ne plus pouvoir être utile à grand-chose dans un cas de ce genre. Tout cela est pour moi une autre langue... Fêtes, saintes huiles, un mariage sans façons, voilà désormais mon lot. »

Et je pensai à ce que j'étais en revanche à vingt ans, quand je lisais de tout et qu'en outre, au séminaire, on m'appelait « Doctor Ironicus ».

« Voilà — elle ouvrit finalement la bouche — je voulais juste vous demander... »

Je regardais l'almanach sans rien dire. Pendant un instant, elle aussi se tut à nouveau.

« Est-ce vrai ou non que vous aussi... je veux dire : l'Eglise... vous admettez que deux personnes qui se sont mariées puissent également se séparer, et chacune être libre ensuite d'épouser qui elle veut ? »

Chapitre VI

Un homme peut bien s'emporter pour moins que cela, beaucoup moins, je sais, et de même un pauvre prêtre.

Je mis l'almanach de côté et la fixai droit dans les yeux : mon visage ne dut certes pas lui dire grand-chose, car elle se mit aussitôt à regarder en coin ses chaussures, à tirer sur son tablier, à le lisser, à faire des choses encore plus idiotes : en même temps, elle se retirait en elle-même exactement comme un hérisson lorsqu'on le touche. Pendant des jours et des jours, je n'avais pensé qu'à elle, j'étais allé chaque soir au canal et j'avais même échafaudé Dieu sait quoi, et maintenant voilà : tout ce qui en résultait, c'était une histoire à faire rire les écuries tout l'hiver.

« Eh bien, il me semble que vous vous y êtes prise un peu tard, dis-je en voulant paraître ironique.

— Ce n'est pas ça, dit-elle doucement. Je voulais savoir si l'Eglise l'admet. C'est pour ça que je suis venue vous voir. Par exemple... »

Je l'interrompis, un peu irrité :

« Mais vous plaisantez ? L'Eglise ne l'admet pas du tout. Et si vous voulez le savoir, elle ne peut rien faire de mieux.

— Je sais, je sais... je sais bien. L'Eglise dit toujours comme ça. Tous les prêtres le disent. Même celui de Bobbio.

— Bien sûr. Et comment donc !

— Oh, mais ils ont raison de faire comme ça, bien sûr. Vous *devez* faire comme ça. Ce n'est que votre devoir. Je vous comprends très bien, vous autres.

— Nous *devons* ? Qu'est-ce que nous *devons* ? Mais c'est comme ça : c'est comme ça, voilà tout. C'est l'Eglise qui l'exige, vous comprenez ? avec les meilleures raisons du monde, et depuis mille ans au bas mot. Et même un évêque ne pourrait rien y changer. Alors vous imaginez, un prêtre... »

Elle me regarda comme on regarde un enfant.

« Je sais, répéta-t-elle avec douceur. Ça, je le sais comme une autre : en plus, j'ai été Fille de Marie dans le temps... Ce n'est pas ça. Je veux dire : on m'a dit que des fois, il y avait des cas particuliers... différents, et qu'alors on peut. En prêche, vous n'en parlez jamais de ces cas (et je vous comprends... comment donc ! je vous comprends très bien), mais enfin les cas ils existent. C'est ce qu'on m'a dit. »

Une histoire à s'arracher les cheveux.

« Eh bien, oui. Des cas spéciaux, il y en a — je dus en convenir — des cas très spéciaux, voilà. Mais si peu, voyez-vous — je me rattrapai tout à coup — que c'est comme s'ils n'existaient pas. Un sur vingt mille, sur cent mille, peut-être même pas. Et quand vous croyez vous trouver devant le cas le plus étrange du monde, eh bien pensez qu'il ne l'est pas encore assez, qu'il lui manque encore quelque chose, et vous ne vous tromperez pas du tout. Et c'est là une excellente règle.

— Mais ils existent, insista-t-elle, toujours douce et implacable. Vous n'en parlez jamais dans vos prêches, mais les cas ils existent quand même.

— Oui, oui, je vous l'ai dit, Zelinda Icci, je vous l'ai dit. Des cas très spéciaux. Mais comme s'ils n'existaient pas.

— Et alors la règle ne sert plus...

— Pour ces cas très spéciaux, non, cela va de soi.

— De sorte, dit-elle comme en elle-même, que ce n'est même plus un péché.

— De sorte que ce n'est même plus un péché », répétai-je.

Alors il se passa quelque chose. Ma vieille regarda un instant autour d'elle puis jeta aussi un coup d'œil à la porte et pendant un moment resta à écouter. Oui. *Quelque chose* devait arriver : *quelque chose* était déjà dans l'air, vous dis-je, et tout à coup, sans que je sache pourquoi, il fut clair comme de l'eau de roche que toutes ses questions idiotes sur le mariage, la règle, les cas spéciaux et ainsi de suite n'étaient guère qu'un prétexte : et si

41

je les avais prises au sérieux et m'étais de plus mis en colère, eh bien autant pour moi. A chacun son dû, et amen. Bon pour la retraite, le prêtre.

« Vous voyez, commença-t-elle en effet, à présent il y a bien une autre chose... Si on veut, la question d'avant c'était comme une ruse. Je voulais... »

A cet instant, on entendit, là-dehors, un bruit de clarines de bronze, un bruissement comme de luzerne et d'eau qui envahissait la rue tout entière et un nombre infini de légers piétinements et de bêlements. Des ombres blanches, des ombres noires défilaient derrière la vitre. Les griffons aboyaient fort. Aussi s'interrompit-elle en plein milieu et prêta-t-elle l'oreille au vacarme, ne cherchant même pas à reprendre.

« Vous disiez, Zelinda... tentai-je sans grand espoir.

— Non. Une autre fois — elle se hâtait comme pour demander pardon. De toute façon, il est trop tard à présent. Même les bergers sont rentrés et dans un moment il fera nuit. Une autre fois, peut-être. Je viendrai vous voir une autre fois. Sûr. »

Je compris que pour ce soir-là, il n'y avait vraiment plus rien à faire ; je ne pouvais que me lever avec elle et l'accompagner en bas jusqu'au parvis. Maintenant, on voyait la lune, mais il faisait si froid tout autour qu'elle aussi semblait frissonner. L'air qui l'entourait était bleu, et bleus les sentiers, l'herbe des pâturages, les ravines et les taches de bois.

J'étais triste comme un enfant, parole : et la

laisser partir était plus que je ne pouvais me permettre.

« Eh là, Zelinda, criai-je, écoutez un moment. Arrêtez-vous. »

« Zelinda, commençai-je quand je fus à moins d'un pas, je vais être franc avec vous. Vous êtes toute la journée là-bas au bout du canal en train de laver du linge et de vieilles guenilles, vous ne connaissez personne, vous ne vous arrêtez jamais pour parler à quiconque, et au crépuscule tout de suite chez vous. Et ce soir, comme ça, tout d'un coup, vous entreprenez de monter me voir, de faire deux bons kilomètres en plus des huit que vous faites chaque jour, et vous me demandez... vous me demandez ce que vous m'avez demandé, voilà. Bon : j'ai dû être maréchal-ferrant, médecin... tous les métiers, et il n'y a plus grand-chose qui puisse m'étonner. Mais ça, ça m'a paru plutôt étrange... une chose curieuse, vraiment. »

A présent non plus, elle ne disait mot.

« Etes-vous bien sûre, Zelinda, de n'avoir rien d'autre à me dire ? »

La vieille parut hésiter un moment.

« Etes-vous bien sûre, essayai-je encore d'insister, de m'avoir vraiment demandé tout ce que vous vouliez ?

— Oui... Oui, répondit-elle assez péniblement. Bonne nuit.

— Bonne nuit. »

Je m'appuyai d'un bras contre le pommier du parvis et la suivis un moment des yeux.

Elle s'éloignait lentement, voire, dirai-je, avec une certaine peine, de sorte qu'il dut s'écouler un bon bout de temps avant qu'elle ne disparaisse au coin de la rue. D'abord elle puis, peu après, son ombre ; mais le bruit de ses talons me parvint encore durant quelques instants.

Quand je n'entendis vraiment plus rien, je rentrai à la cure.

Chapitre VII

Bien sûr, la vieille ne se montra pas à la cure. Ni le lendemain, ni les jours suivants.

Et je ne parvenais pas moi-même à trouver une demi-heure de libre pour aller la voir, là-bas au canal. Mais un prêtre de montagne, vous savez vous aussi ce que c'est : certains mois de l'année — novembre, par exemple — il fait à lui seul, peu ou prou, le travail d'un maréchal-ferrant, d'un médecin — mais un de ceux à peine débarqués — plus celui d'un tailleur et d'un coiffeur. Et on était justement en novembre.

A présent, voici le plus curieux de l'histoire : chaque jour, je pensais à elle davantage, et j'avais certaines pudeurs et retenues que je ne me connaissais plus depuis au moins trente ans, des délicatesses presque risibles. Mais essayez donc, ici, en haut, de vous servir d'une fourchette et

d'un couteau, de parler un italien décent ou seulement de céder le passage à une femme. Ils rentrent
aussitôt dans leur coquille. Tout ce que vous pour-
rez obtenir, ce sera un signe de tête et rien d'autre
quand en passant vous les frôlerez du coude : n'es-
pérez pas que cela aille plus loin.

Moi-même, ils me regardaient déjà avec
méfiance, comme quand parlaient les Anglais. Et
en confession, c'était encore pire. Je parlais, parlais et puis voilà que je devais m'arrêter et
commencer à me traduire moi-même.

« Mais oui, mais oui », me disais-je tandis que
l'enfant de chœur me retirait mes chaussures l'une
après l'autre et que je pouvais enfin m'asseoir,
« mais c'est plus clair que de l'eau de roche. Le
problème du mariage et toutes ces questions de
quatre sous ne l'intéressent pas du tout. C'est
évident. Et seul un pauvre diable comme toi, seul
un pauvre prêtre de kermesse et de loterie pouvait
la prendre un instant au sérieux. Mais penses-y
rien qu'une minute, si tu parviens encore à penser.
Une femme de soixante ans, et même davantage,
qui fait ce qu'elle fait, qui passe toute sa journée
au canal à laver de vieilles guenilles et des
boyaux, qui fait sept kilomètres par jour pour aller
les porter en bas dans la vallée, et ainsi tous les
jours de l'année, qui n'a ni chien ni défunt, qui ne
dit bonjour à personne et à qui personne ne s'in-
téresse, bien sûr qu'elle doit avoir quelque chose à
demander. Et bien sûr qu'elle vient le demander à
toi, mon beau monsieur, qui es le seul de tout le
village à être vêtu comme tu l'es et qui de plus as

pris pension chez le Bon Dieu. N'importe qui d'autre l'aurait déjà compris depuis un bout de temps. Imagine, le prêtre de Braino... »

Et le lendemain, peut-être le contraire :

« Bon, bon. Dorénavant, laissons en paix la vieille taupe. Chassons ça de notre esprit et n'y pensons plus. »

Puis vint ce soir-là.

Il faisait nuit et on voyait déjà la lune : les montagnes et les haies, les routes et les pierres du cimetière (hormis les bois qui n'étaient guère que des taches) semblaient plus claires qu'en plein soleil. Il n'était pas encore sept heures et dans chaque maison une vieille femme prenait le fil à polenta et coupait les parts.

Derrière la tonnelle de la vieille auberge, je crus voir des ombres. Elles rôdaient prudemment çà et là parmi les branches déjà nues : elles attendaient certainement quelqu'un. Et même un voleur surpris à la cure eût éveillé moins de soupçons. Puis, du côté du Col, quelqu'un siffla d'une drôle de manière. Une autre ombre arriva à toute allure et disparut elle aussi parmi les branches ; alors, tous se tapirent.

Je ne suis pas plus curieux qu'un autre, mais en d'autres occasions je m'étais mis à regarder pour moins que cela : un voleur c'est un voleur, deux voleurs ne sont guère que deux voleurs, mais six ou sept ombres qui se jettent la nuit derrière un buisson, c'est une histoire qui donne à penser, et puis en vérité les temps sont durs.

J'éteignis donc la lumière, ouvris la fenêtre et me rapprochai.

Une minute passa, puis une autre. La lune elle aussi semblait regarder. Dans le silence, on entendait le bruit de l'eau, le crépitement d'une branche déjà morte et ce nombre infini de bruits dont personne ne sait ce qu'ils sont et qui semblent monter peu à peu du cœur même de la nuit et des montagnes. Une troisième minute passa, à grand-peine. Soudain, on entendit des pas sur le sentier. Je me hissai sur la pointe des pieds et me mis prudemment à la fenêtre. Au virage du sentier d'en haut apparurent une chèvre, puis une brouette et une vieille.

Tout à coup, six ou sept garçons bondirent de derrière la tonnelle avec des boîtes de conserves vides, des couvercles, des bouts de tôle et tout ce qui peut bien rester d'une fête de village. Et trois autres du buisson d'en face. En criant et en tapant sur les boîtes, ils se mirent à danser autour d'elle. Puis, tous lui firent un cortège.

La chèvre était comme affolée : elle ruait, donnait des coups de tête, de cornes et voulait arracher la corde ; maintenant, elle se plantait au milieu de la route, maintenant elle faisait un grand bond en avant. La vieille, en revanche, ne pensait qu'à continuer tout droit avec guenilles, brouette et tout le saint-frusquin, sans même dire la moitié d'un mot ni se retourner une seule fois ; exactement comme le crapaud qui ne pense qu'à disparaître dans le fossé.

Je ne parvenais pas à comprendre. J'écoutais, je regardais et regardais encore, mais je n'y comprenais rien.

Maintenant ils étaient près de moi. Je pouvais voir leurs visages. Le beau-fils du veuf Sante laissa glisser sur les épaules de la vieille un beau tas de bouts de papier, de confettis ou que sais-je du même genre, puis se mit à crier quelque chose. Je tendis encore davantage l'oreille, mais il y avait toujours ces couvercles et ces boîtes de conserve et je ne pouvais pas entendre grand-chose.

« Les dragées... les dragées, criaient-ils tous en riant. Et vive la mariée... Les dragées. »

Alors tout devint clair.

« Oui, oui, bien sûr, c'est signé, me vint-il aussitôt à l'esprit. Il y a la Melide là-dessous, c'est clair. Ce soir-là, elle a écouté derrière la porte, elle a tout compris à sa façon et voilà qu'elle a préparé la fête... »

Bah ! Les sottises de ce genre ne sont pas rares, ici, en haut. Au fond, ils sont encore un peu sauvages. Un type est à peine différent d'eux, il ne s'occupe que de ses affaires et ne descend jamais boire un verre à l'écurie pour Noël et voilà qu'un soir on coupe la barbe à sa chèvre.

Jamais plus que la barbe, bien sûr.

Mais je pensais déjà au lendemain.

J'attendis qu'ils soient encore plus près.

« Eh là, les gars, criai-je quand ils furent au-dessous de moi. Un moment, braves gens. Attendez. Attendez, voilà le plus beau. Voilà maintenant le marié qui arrive. »

Et je fis semblant de descendre. Il y eut une belle pagaille là en bas et une course folle dans les ruelles et les buissons, avec çà et là du fer-blanc qui roulait. La compagnie se dispersa d'un coup. Sans hâte ni lenteur, ma vieille disparut au coin de la rue.

Il faisait clair, une clarté très fraîche, limpide, et je pouvais tout voir : çà et là, sur les cheveux et les épaules, elle avait encore ces morceaux de papier. Il lui suffisait de secouer légèrement la tête pour les faire tous tomber. Eh bien, même cela, elle ne le fit pas. Pas question. Elle les ignorait, voilà tout : comme elle m'ignorait, moi qui là à la fenêtre la regardais passer et disparaître.

La créature la plus absurde du monde.

« Demain au canal, dis-je presque gaiement. J'ai peur que ne se présente jamais meilleure occasion. La vieille dame devra pourtant bien me remercier. Contrainte et forcée. Même un sauvage le ferait. »

Au bout d'un moment, je n'entendis plus ses pas. Une lanterne s'alluma. Là-bas, tout au bout, coulait le canal. La lanterne s'éteignit.

Maintenant, sous la lune, tout était limpide, frais et serein jusqu'au fond de la vallée et au-delà.

« Demain au canal », pensai-je.

Des occasions de ce genre, dit-on, feraient la joie des garçons et des filles.

Chapitre VIII

Le lendemain, je renvoyai donc les enfants une demi-heure plus tôt et même davantage, et je descendis au canal.

Elle était là.

Je m'arrêtai sur la berge, juste au-dessus d'elle, à dix mètres. Naturellement, elle m'avait vu arriver depuis le virage, au bas mot, mais prit bien soin, avant de me montrer qu'elle m'avait aperçu, de me faire faire antichambre un bon moment. De là-haut, je la saluai d'un signe de tête : d'en bas, elle en fit autant. Mais pas plus, vous comprenez ? Un simple signe de tête. Puis elle se remit à laver.

C'était là toute la quête, pas moyen d'obtenir un sou de plus : de sorte qu'il n'y avait rien d'autre à faire que de reprendre le chemin de la maison. Et de même pendant trois ou quatre jours. De même, exactement.

Il y avait presque de quoi rire.

« Patience. Patience, disais-je. Le dimanche vient après six autres jours. Et c'est pour ça qu'on l'appelle une fête. »

Puis une fois, il arriva quelque chose.

Les pluies avaient déjà commencé. Partout une odeur d'herbe mouillée : le matin, dans les bois, on trouvait des tas de moineaux morts noyés ; entre-temps, l'eau du canal avait monté d'un bras et de nombreuses dalles de pierre étaient déjà recouvertes et disparaissaient. Aussi, pour se pencher et laver, dut-elle se déplacer trois cents mètres plus bas, en direction de la vallée. Sur le moment, je ne réussis pas à la voir et déjà je m'apprêtais à m'en retourner.

« Pourvu qu'elle ne se mette pas en tête, elle aussi, de donner du travail à la Melide », me dis-je.

Une pierre roula dans l'eau, et je l'aperçus tout à coup. Elle était là, quasiment sous les branches.

Un vrai signe d'entente : un message en bonne règle. Et aujourd'hui encore, je ne sais qui pourrait dire en conscience avoir jamais reçu billet qui vaille seulement le quart de celui-là. Ma vieille m'avait appelé, c'était un fait, et cette fois j'eus assez de bon sens pour comprendre que des appels de ce genre sont de ceux qui ne demandent pas de réponse.

Mes amis, ne videz jamais tout votre verre. Je ne m'arrêtai pas, fût-ce un instant.

C'était le soir : les fossés couraient en aval, le canal entraînait avec lui des branches et parfois des taches de boue.

Je rentrai chez moi.

Chapitre IX

En deux mots. Les journées passaient et elle ne semblait nullement disposée à descendre de sa branche : il en serait toujours ainsi. Je décidai d'aller moi-même dans sa tanière.

De toute façon, je ne faisais que surveiller les nuages et renifler pour savoir si dans l'air l'odeur de racine mouillée commençait à disparaître. Quant à la Melide, elle surveillait mes gestes. Désormais, elle ne pouvait rien faire d'autre. Survint même une légère éclaircie.

« Bon », me dis-je ce jour-là, car qui veut se mettre en route doit d'abord trouver une bonne raison et faire rire de soi ne plaît à personne, « si ton métier est de t'intéresser à tous, commence donc par t'intéresser à l'un d'eux, rien qu'un seul. Mais jusqu'au bout, au bas mot : jusqu'à la racine. Il n'est pas meilleur moyen pour t'intéresser alors sérieusement à tous les autres. Sinon, mon beau monsieur, ce n'est plus la peine de te laver : tout le reste n'est que décor. »

Il n'y avait certes pas de quoi se vanter : mais je crois en connaître un bon nombre qui se sont arrêtés bien avant.

Il avait cessé de pleuvoir. Les femmes avaient reposé leur réchaud devant la marche et les poussins traversaient la rue : quelques-uns entrèrent jusqu'à la cure. Au milieu de la matinée, on vit même un bout de soleil. Mais couleur de vieux laiton, de faux or : on ne pouvait trop s'y fier.

Et voici le pire : après douze jours de pluie, c'était vraiment jour de visites.

Cela commença vers huit heures.

Ce furent d'abord les six bergers les plus vieux du village, pour l'affaire du *Mai*. Plus de *Jérusalem* cette année. Encore moins de *Roland à Paris*. Pendant la guerre, on avait remis les épées aux Allemands, il manquait une cuirasse, etc. Et on n'avait ni temps ni argent. Bon. Avais-je quelque autre pièce à suggérer dans laquelle des choses de ce genre ne seraient pas nécessaires ? Et qui, surtout, ne serait pas trop longue. Où il n'y aurait que quelques rôles. L'un d'entre eux était mort en septembre : il jouait le roi Charles, Judas et tout le reste, c'était le meilleur de tout le versant ; mais le fait est qu'il était mort en septembre. Voilà pourquoi ils étaient venus tous les six des tourbières en bordure de Bobbio.

Sur le moment, je ne parvins à dénicher aucune pièce. Ce jour-là, je pensais à autre chose.

« Bien sûr, la *Jérusalem*, c'était ce qui vous convenait », dis-je simplement pour gagner du temps. Je jetai un coup d'œil par la vitre : le soleil était sur le point de disparaître, des nuages bleus rôdaient autour de lui.

Ils firent oui de la tête. Voilà, le soleil avait disparu et la pièce devint plus sombre qu'un cinéma. Les six vieux attendaient toujours.

« Et ça exigeait aussi un tas de monde », dis-je un peu distrait. Je regardais toujours ces nuages bleus. Après tout, peut-être ne faisaient-ils que fuir ailleurs, que passer ? Il suffisait d'un souffle de vent, même pas.

Les six vieux se dévisagèrent.

« Il en venait aussi de la vallée, et même de l'autre versant, dit l'un d'eux.

— D'autant plus, monsieur le curé, qu'ici en haut nous ne faisons plus de *Mai* depuis cinq ans, dit celui qui habitait aux tourbières.

— Bien sûr... La guerre... » dis-je, question de parler. La pièce commençait à s'éclaircir. Peut-être le soleil réussirait-il à pointer encore : il suffisait d'un souffle et rien d'autre. Je tendis le cou pour regarder vers le couchant. « Pourquoi n'essayez-vous pas *Les Rois de France* ? Cette pièce non plus n'est pas mal du tout. »

Il y eut comme un conseil : les six vieux se consultèrent un moment à voix basse, puis l'un d'eux parla au nom de tous. « Oui. Mais pour ce qui est des sabres ? Là aussi, il en faut au moins cinq. Et puis des costumes et des cuirasses. Et les femmes ? Il y a trois femmes, dans ce *Mai*-là, dont

55

deux très jeunes, en plus. Les jeunes, où les trouver aujourd'hui ? »

Je me taisais. Eux aussi. Ils se regardèrent encore dans les yeux, puis tous regardèrent celui qui habitait près des tourbières de Bobbio.

« Vous voyez, monsieur le curé, il faudrait une pièce assez courte, m'expliqua de nouveau patiemment celui-ci. Qu'on puisse travailler à six ou sept, peut-être moins. Nous n'avons plus d'épées, c'est un fait. Et puis Grisante est mort en septembre.

— Dites-moi, demandai-je sans réfléchir, croyez-vous que le temps va se lever ? »

Tous regardèrent par la vitre.

« Ça pourrait bien faire l'été de la Saint-Martin, comme c'est parti. Il y a toujours une belle semaine à cette époque-là.

— Non, non... Je voulais dire : aujourd'hui. Je demandais si aujourd'hui un orage d'automne n'allait pas nous tomber dessus. »

A présent, à soixante-dix ans passés, il venait à ces bergers des barbes et des traits de saints, des yeux plus clairs et plus bleus que ceux d'un enfant, de sorte qu'on se sentait toujours coupable quand ils vous regardaient en face : la vérité, c'était qu'ils avaient plus de flair qu'un chat et qu'on ne pouvait rien leur cacher.

Ils avaient flairé quelque chose. Flairé à coup sûr. Ils s'enveloppèrent à nouveau dans leurs manteaux et s'en allèrent contrariés. C'était la première fois que cela m'arrivait en trente ans, depuis que j'étais venu dans la montagne, et la chose me déplut à moi aussi.

Par la fenêtre, je les vis prendre le sentier des pâturages. Ils s'éloignèrent en rang, toujours du côté du fossé, et sortirent l'un après l'autre de sous leurs manteaux les fromages de chèvre qu'ils avaient apportés pour moi. Ils montèrent encore un bout de temps, puis se réunirent. Il y eut comme un complot. Celui des tourbières de Bobbio fut le premier à se remettre en route.

Tous le suivirent. Ils disparurent à main gauche.

« Ce n'est pas le chemin de la tourbière, dit la Melide qui se tenait près de moi. Pour la tourbière, on tourne à droite. Ils ne rentrent pas chez eux, ceux-là. »

Je tournai la tête pour la regarder.

« Ils descendent à Braino, insistai-je avec un certain mépris. Ils sont bien capables de descendre à Braino demander conseil au prêtre de là-bas. »

Cela aussi, c'était la première fois en trente ans.

« Bah ! dis-je, pour éluder toute question. Je n'ai jamais aimé le fromage de chèvre. »

Elle me regardait d'une drôle de manière.

« Ça sent le sauvagin. »

Avec deux chemises, un col encore neuf, un surplis porté deux fois tout au plus et quelques autres affaires du même genre, je réussis finalement à constituer un baluchon plus que convenable : j'y glissai une branche de frêne et l'essayai sur mes épaules.

« Quelqu'un vous attend à côté. » La Melide venait d'entrer et me regardait depuis la porte. J'étais vraiment bien embarrassé. Je ne faisais rien de mal, d'accord : mais j'étais parfaitement ridicule.

Je reposai le baluchon et passai dans le bureau.

Là m'attendaient deux dirigeantes des Filles de Marie de Grappada, en bas dans la vallée. Elles étaient montées pour une histoire plus vieille que moi : un pèlerinage à Oropa, à Lorette ou peut-être même aux deux endroits, qu'un peu par ma faute on renvoyait toujours à une autre année, mais qu'il fallait bien faire à présent. Il faut bien le faire, à présent, répétaient-elles sans me regarder, il n'y a pas à revenir là-dessus, on le sait... On avait déjà recueilli toutes les cotisations. Enfin, pas toutes : ma liste, par exemple, manquait. La montagne commençait à chuchoter... rien de grave : seulement à mi-voix... Du moins, entendons-nous : pour l'instant. Est-ce que je me rendais bien compte ? Est-ce que je comprenais ?

C'étaient vraiment de curieuses gens. Elles gardaient les yeux baissés et les lèvres pincées, comme si tout et tous les offensaient et moi plus que quiconque. Pour tout vous dire, deux reproches incarnés. Mais rien ne m'importait hormis ne pas quitter des yeux ce bout de soleil. Maintenant, il était là puis soudain disparaissait, puis réapparaissait un instant plus tard, comme s'il était déjà à l'agonie et ne résistait que pour mon plaisir.

Devant elles, j'avais l'impression d'avoir dix-huit ans. Je disais toujours oui. Comment donc ! Mais bien sûr ! On ferait le pèlerinage cette année, sans aucun doute, et j'avais même conçu un projet qui ne devait pas être pire qu'un autre.

Elles accueillirent ces mots avec froideur.

« Oui... mais pour les domestiques ? » demandèrent-elles un peu hautaines.

Je tournai la tête pour les regarder comme quelqu'un qui se serait réveillé à l'instant.

« Pardon, vous dites ? Les domestiques ? »

Elles pincèrent encore davantage les lèvres.

« Nous disions, daignèrent-elles répéter à contrecœur : toutes les anciennes domestiques peuvent-elles être acceptées, ou bien seulement celles ayant servi au moins vingt ans ?...

— Ma foi, je dirais toutes... Oui, toutes. C'est le mieux, je crois. »

Elles se consultèrent un instant du regard. Sous leur nez apparut puis disparut d'un coup quelque chose qui chez des gens de cette sorte pouvait bien être un demi-sourire de connivence. Je pressentis vaguement le piège.

« Oh, c'est possible... C'est possible, admirent-elles avec une déférence excessive. Mais dans ce cas, il faudrait au moins trois voitures de plus. Peut-être même quatre. Mais si vous pouvez les procurer... Bien entendu, si vous êtes en mesure... »

Je n'étais en mesure de rien, c'était clair : et elles le savaient mieux que moi. Très convenables, elles se mirent à me regarder pour savourer en silence leur effet. Elles semblaient empaillées.

« Alors... alors seulement celles ayant servi trente ans. Oui, peut-être est-ce mieux ainsi. Seulement celles-là. »

Elles me jetèrent un coup d'œil contrit comme à

un incompréhensible idiot. Puis elles se regardèrent à nouveau l'une l'autre. Le soleil apparaissait et disparaissait, d'autres nuages venaient d'en haut : je commençais vraiment à me fatiguer. Honteusement placide, je me laissai aller encore davantage sur ma chaise.

« Eh bien, mes filles, dis-je en essayant même un demi-bâillement. A bientôt à Lorette, à Oropa ou peut-être même aux deux endroits. Mettez ça sur pied, d'accord ? Mais le fait est que pour l'heure j'ai un tas de choses à faire : aussi, si ça ne vous dérange pas, je vais m'y atteler de nouveau. »

C'était passer les bornes, je sais bien : mais ainsi, les deux vieilles filles s'en allèrent en trottinant. La dernière chose que je vis d'elles, ce furent quatre tibias décharnés et deux chapeaux ornés de fleurs en tissu, et eux aussi me parurent offensés.

Cela non plus ne me plaisait guère.

« Une étrange journée, pensai-je. Tout compte fait, une étrange journée. »

« Quel jour sommes-nous ? demandai-je à la Melide.

— Mercredi, le 6 novembre », me dit-elle.

Mercredi 6 novembre. Tout compte fait, une bien étrange journée. Différente.

« Je crois que nous sommes en train de perdre des clients », dis-je en cherchant à plaisanter. Le ton, cependant, était un peu forcé. Certaines choses ne peuvent plaire. Ne peuvent plaire à personne.

La Melide fut sur le point de parler. Elle regarda le baluchon, ne souffla mot.

Je le jetai sur mes épaules et sortis.

Chapitre x

Je laissai donc derrière moi les maisons et l'étang, puis l'auberge, puis cimetière et tourbière, et me retrouvai bientôt seul : ce n'étaient autour de moi que gorges et ravines, plus loin quelques pâturages et plus loin encore l'arête des montagnes.

Il me fallut presque deux heures pour atteindre la pierre ébréchée où, une nuit, un berger fut tué par ses sept frères : une demi-heure encore et j'étais là-bas.

Le première chose que je vis, trente mètres plus bas, ce fut précisément sa chèvre : et c'était déjà un peu plus que je n'espérais en partant.

A présent, c'était le crépuscule : là-bas dans le fond, les gorges avaient pris une couleur de vieille rouille et l'air virait déjà au bleu ciel ; si l'on ignorait que plus loin se trouvait Bobbio, on pouvait tout aussi bien se croire au bout du monde.

Ma vieille était là.

Assise sur la marche de sa maison, elle filait sans regarder quenouille ni fuseau et devait certainement penser à quelque chose, à quelque chose et à rien d'autre.

« Voilà une rencontre comme il se doit, me dis-je. Il n'y a personne, et puis c'est l'heure du dîner, le silence doit sacrément lui peser à elle aussi. A présent, il faudra bien qu'elle descende de sa branche. »

Et je m'engageai sur la pente. Mais la vieille dut m'entendre. Sans même lever les yeux, elle se dressa d'un coup, ramassa corbeille et quenouille, tira la corde de sa chèvre qui fouillait dans le buisson et en un instant tout disparut derrière la porte. Sur la route, là au bas des marches, il ne restait qu'une paire de sabots : et moi qui les regardais avec mon bâton, mon baluchon et tout le saint-frusquin.

Je n'avais pas l'intention une fois de plus de faire rire les arbres alentour, d'autant que j'entendais — oui, j'entendais — que de l'autre côté de la petite porte, elle continuait à écouter : je repris résolument ma route.

Des arêtes des montagnes et des pâturages descendait le bleu de la nuit. Il n'y a pas plus triste compagnie que cette heure-là. Des pensées vous prennent par surprise et les souvenirs vous pénètrent dans le corps : « Rien de plus ? » vous arrive-t-il de demander, et alors un homme n'est même plus un homme. Pourtant, moins d'une demi-heure après, j'entendis le grincement d'un chariot. Naturellement, c'était le tailleur. A cette heure et à cet endroit, ce ne pouvait être que lui. Il rentrait de sa dernière tournée avant la tombée de l'hiver. Je m'arrêtai pour l'attendre. C'était lui.

Comme il avait vécu autrefois en Savoie, qu'il avait voyagé à droite et à gauche et qu'il faisait ce métier de femme, il avait des manières dignes d'un Français : il me fit tout un tas de galanteries, de gentillesses et de *bonjour* et pour finir me demanda si je voulais monter à côté de lui.

« Ne me tentez pas », lui dis-je.

Il eut un geste qui se voulait distingué.

« Vous seriez bien le premier aujourd'hui, dit-il aussitôt. Je n'ai réussi à tenter personne durant toute ma tournée. Non, personne. Pas même une femme.

— Eh bien, il faudrait d'abord savoir ce qu'en pense l'ami. » — Et je montrai sa bête.

« Oh, chair bénie ne pèse pas », dit-il, lui qui avait un mot gentil pour chacun, et déjà il me faisait place sur le chariot.

Nous ne dîmes mot de tout le voyage. Il faisait nuit, on ne voyait pas une seule maison, nos cols étaient trempés : deux veufs auraient été mieux lotis que nous. J'avais fait un voyage de pauvre, et lui peut-être pire encore.

« Pas même un demi-costume, commença-t-il soudain avec un rire un peu amer. Je n'ai même pas réussi à vendre un demi-costume de toute la journée. Et je suis allé plus bas que les ravines.

— Ils ont leurs habits de soldats, dis-je. Et l'hiver, ces habits aussi font leur service.

— Bon. Bon. De toute façon, c'était juste pour dire. Mais alors pourquoi me faire parler une demi-heure chaque fois ? Je me demande seulement pourquoi ils me font déballer tout mon sac. Allez en France ou en Savoie, et vous verrez. »

Il avait tourné la tête pour me regarder. Il devait être vraiment vexé et exigeait de moi une réponse.

« Je vous comprends, dis-je avec lassitude. Je peux vous comprendre. Mais pour eux, ça aussi c'est un amusement. Et ils n'en ont pas beaucoup d'autres, à la vérité.

— Et gratuit, par-dessus le marché. Ah, elle est bien bonne ! Si j'avais pu m'imaginer ! Ma parole, il y a presque de quoi rire, dit-il d'un ton légèrement supérieur.

— Il fait déjà froid », dis-je pour finir.

Je sentis qu'il me regardait, et même plus attentivement qu'auparavant. Il me considérait, comprenez-vous, d'un œil professionnel. Il resta un instant silencieux. Il me regardait, me regardait encore et se taisait. « Cette vieille folle... Quelle vieille folle ! » pensais-je.

« Vous savez quoi ? me dit-il en me touchant le coude. Je connais des prêtres en ville qui portent des pantalons de golf sous leur soutane. Des gens capables, modernes. D'autant que personne ne s'en aperçoit. »

Il attendait en souriant. Je ne disais mot. « Sera-t-elle sortie récupérer ses sabots ? » pensais-je en moi-même.

« Pour la bicyclette, entendons-nous, s'empressa-t-il de préciser. Et ils n'ont pas tort, quand on y pense. Ça doit être beaucoup plus pratique, non ? Surtout si par hasard on les appelle de nuit...

— Oui. En ville, il y en a. Il se peut qu'en ville il y en ait. »

Il tourna de nouveau la tête pour me regarder.

« Ah, mais pas seulement en ville. En montagne aussi, il me semble...

— Si je ne me trompe, voilà le village », dis-je pour m'esquiver.

Soudain très digne, le petit homme tira fortement les brides de sa bête. Il était devenu différent tout à coup.

J'arrivai chez moi à dix heures du soir.

Je traversai la petite place de pierre. On entendait mes pas jusqu'à Bobbio. Un griffon aboya dans une écurie.

J'étais à peine entré à la cure et déjà le garçon me disait que l'après-midi, une vieille était venue apporter deux cierges et une lettre : puis elle était descendue au canal, puis était revenue reprendre sa lettre.

La Melide intervint : « Voilà ses deux cierges. » Elle ne parvenait pas à quitter des yeux, ne fût-ce qu'un instant, le baluchon et le bâton. Mais à présent je pensais à la lettre, à la lettre et à rien d'autre : pourquoi l'avait-elle écrite, que pouvait-il bien y avoir dedans, et pourquoi était-elle venue la reprendre ? Et même si j'avais été déchaussé, je m'en serais à peine rendu compte.

Chapitre XI

Je devais pourtant la rencontrer quelque temps plus tard. Une nuit.

Toute la journée, il avait plu, plu comme cela n'arrive que chez nous. Pas un seul berger ne s'était senti le courage de se mettre en route et tous restaient là, derrière les portes, à empailler chaises et paniers, à préparer des châtaignes pour les jours froids ou à fabriquer des pièges qu'ils iraient poser dans les bois. L'eau rendait déjà gris les fossés, le canal était en crue, des cheneaux brisés tombaient des paquets d'eau, et pas une poule, pas un chien, pas une taupe de la place jusqu'au fond de la vallée.

J'ouvris la fenêtre qui donnait sur la plaine. Des traînées de pluie et une odeur d'herbe mouillée envahirent toute la pièce.

« Non, non et non. On ne peut vraiment pas dire

que ce soit une bonne journée pour *elle*, dis-je en refermant d'un coup. Et demain ce sera pire encore et pareil pendant trois mois, au bas mot. Et à moins qu'elle n'ait un beau tas de lettres à m'écrire puis à reprendre, je crois que la vieille dame ne sera guère à la noce. »

Pareil toute la journée : mais ensuite, à la tombée de la nuit, la pluie cessa ; et quand les lanternes s'allumèrent dans les écuries, la lune surgit à son tour. Non plus ronde comme en août, bien sûr, mais plus rusée, plus brillante, et fraîche comme si on l'avait retirée d'un seau : et toutes les montagnes avec leurs crêtes déjà blanches, les pâturages, le cimetière, les bois et en bas, de l'autre côté, la vallée, s'ouvrirent devant moi plus grands que jamais ; tout était neuf et bleu avec çà et là quelques touches d'argent.

On entendit un coup de feu du côté du Col. Et bientôt deux autres. En ondes toujours plus larges, le bruit se répandit sur tout le versant. Peu à peu, il s'enfonça dans la vallée.

Cela faisait trois ou quatre ans et même davantage que dans toute la région n'était pas arrivée une chose de ce genre : la guerre était morte depuis un bout de temps. Tout le village s'éveilla. De tous côtés, les ruades et les braiments des mulets, les pleurs des enfants réveillés en sursaut, les gens qui se levaient et venaient coller l'oreille à leur porte. Mais personne n'ôtait le verrou ni ne se montrait dans la rue, personne ne demandait en criant par la fenêtre qui avait tiré.

A demi dévêtu, moi non plus je ne pouvais me

décider à sortir : j'allais du lit à la porte, et puis de nouveau vers le lit, et puis je m'arrêtais là au milieu de la pièce et tentais d'enfiler mes chaussures.

Un peu de temps passa. Beaucoup peut-être. Je réussis à enfiler mes chaussures l'une après l'autre. Je me mis sur le seuil pour regarder.

Il n'y avait plus une seule porte fermée : la lumière des bougies et des lanternes suspendues aux poutres atteignait maintenant le milieu de la rue. Quelques femmes à demi dévêtues portant dans leurs bras leur petit dernier apparaissaient çà et là au-dessus des portes. L'une d'elles jeta à son mari, en bas dans la rue, une taie d'oreiller vide puis une autre. Sans même s'arrêter, un garçon attacha son pantalon avec une corde et disparut en courant sur la route d'en haut. Ils portaient tous un pot ou un seau, et les enfants un bonnet, voire deux.

« Eh là, braves gens, un moment, qu'est-ce qui se passe ? » demandai-je depuis la porte.

Mais ils s'éloignaient. Et les vieux aussi, jusqu'à une vieille qui vivait seule, et une famille au grand complet, père, mère et fils, comme la dernière nuit de Troie. Je ne parvenais pas à comprendre grand-chose. Puis le garçon arriva à toute allure : alors tout devint clair.

Quatre mules portant de la farine descendaient la route du Col, du côté de la chênaie. Mais la nuit était sans lune, il pleuvait, un bois est un bois et la nuit est la nuit : les carabiniers s'étaient mis à tirer. Aussi les mules s'étaient-elles affolées et

avaient-elles fui parmi gorges, ravines et tourbières : maintenant, dans quelque endroit voisin,
six quintaux de farine, voire davantage, s'étaient
répandus par terre. Ils couraient tous la ramasser.

« Faites vite, me dit encore l'idiot avant de déta-
ler à nouveau, parce qu'à présent ils la ramassent à
la cuillère.

— Bien sûr, dis-je. Et comment ! Quand il
pleut, il pleut pour moi aussi. »

Et je me mis en route. Mais il était clair que je
pensais à tout autre chose.

Maintenant, il ne restait personne en chemin et
les gens tiraient leur verrou. Les bougies s'étei-
gnirent une à une. Quand j'arrivai à la route d'en
haut, l'espoir était un souffle bien fragile.

Et pourtant, à hauteur du frêne mort, je vis là-
bas ma vieille avec, elle aussi, son tablier relevé.
Elle était à demi cachée par l'ombre qui coupait en
deux le sentier. Je fus bientôt près d'elle.

« Et voilà ! — Je commençai à plaisanter un
peu. Pour ça, vous n'êtes pas venue demander la
règle. Pour ça, vous la saviez, la règle. »

Et je montrai la farine. Ma vieille rentra dans sa
coquille. Elle était plus épouvantée qu'une souris.

« Non, non. Je plaisantais. Attendez, dis-je alors
en lui saisissant le coude, je viens simplement
prendre *ma* lettre. »

Chapitre XII

Le malheur, c'était qu'entre-temps nous étions arrivés devant la haie de sa maison. Et tout ce que je pouvais attendre d'une vieille dame dans son genre, c'était qu'elle me fît un salut en bonne règle et puis qu'elle me laissât là sur la route.

« Bon, alors je vous remercie, dit-elle comme je l'avais prévu, excusez-moi pour le dérangement et tout le reste. Et bonne nuit à vous aussi.

— Bonne nuit ? Vous plaisantez ? dis-je un peu trop gaiement, et pour le dérangement je ne vous excuse pas du tout. Ce serait trop commode, non ? Je suis venu prendre ma lettre. *Ma* lettre, Zelinda, je me fais bien comprendre ? Parce que cette lettre était déjà à moi, si vous voulez le savoir, tout autant que mes livres et ma table, et même un avocat de la ville ou le juge de paix me donnerait toutes les raisons du monde. »

Elle continuait à me regarder, la tête toujours légèrement baissée, à deux pas à peine.

« Vous avez raison, se décida-t-elle à dire enfin, mais en regardant aussitôt par terre. Vous avez raison, je sais bien. Mais moi aussi je crois avoir raison... Bon. Pendant trois ou quatre jours, je ne pense qu'à une chose, puis je descends jusqu'à la vallée acheter du sel, du papier et de l'encre, et après je vous envoie la lettre avec dedans toute l'affaire. Comme ça, tout est fini. Mais après, quand je vais au canal, j'y repense un bon moment, et je vois que la lettre ne peut me servir à rien du tout, alors je retourne à la cure et je reprends la lettre. Et la première chose que je fais, c'est de la jeter dans l'eau.

— Mais à *quoi* avez-vous donc pensé ? A quoi ? Maintenant, il fait nuit, Zelinda, il n'y a personne d'autre que nous : nous avons déjà tous les deux un pied dans la tombe et il me semble que certaines choses, nous pouvons les dire. »

Elle hésita deux secondes.

« A quoi j'ai pensé, au canal ? Mais après, vous allez vous mettre en colère, je le sais. »

Je haussai à peine les épaules.

« Vous n'y croyez même pas vous-même, Zelinda.

— J'ai pensé, dit-elle, que certaines choses, vous ne pouvez pas les comprendre. Ni vous, ni les autres, d'ailleurs. Seulement, les autres ne se mettent jamais en colère.

— C'est possible, ça aussi. Qui vous dit le contraire ? — J'essayai de sourire encore. Certaines choses, on arrive à les comprendre et d'autres jamais, au grand jamais, en aucun cas. Exactement comme un médecin qui a tout étudié pendant des années, jusqu'au latin, mais il arrive un jour où lui non plus ne peut rien faire d'autre que de rester là sur sa chaise à regarder le malade qui s'en va. Pourtant, dis-je en conclusion, assez satisfait de mon image de catéchisme, il faut aller chez le médecin. Tout le monde va se faire examiner chez le médecin.

— Pas moi, dit-elle avec douceur. Moi, je n'y suis jamais allée. Même quand le mulet des charbonniers m'a donné cette ruade là dans le dos, je ne suis pas allée chez le médecin. J'ai mis dessus des feuilles d'ortie. »

Bien sûr, cela n'expliquait rien : mais c'était là tout le produit de la quête, et il fallait de toute façon prendre la vraie et la fausse monnaie.

« Pourtant, répliquai-je, vous l'avez bien écrite, cette lettre. Et ce soir-là, vous êtes bien venue chez moi. Chez le docteur... Et vous direz ce que vous voudrez, Zelinda, mais c'est la preuve que cette fois-ci vous ne les avez pas trouvées, les feuilles d'ortie. Bon, je voulais juste vous dire ceci : à deux, on cherche mieux, voilà tout. »

Il était clair que cette fois, j'avais dû faire mouche car la vieille ne répondit pas un mot.

Maintenant, sur la route d'en haut, sur les buissons et les talus alentour, les ravines et les pâturages, tout n'était que silence et les oiseaux, les grenouilles et toutes les autres créatures dormaient déjà.

Au bout d'un moment, en effet, elle se décida.

« Se lever à cinq heures tous les matins, descendre au fond de la vallée prendre les guenilles et s'arrêter un moment à midi pour manger du pain avec de l'huile sur l'herbe d'un fossé, et puis monter jusqu'en haut prendre la brouette et s'en aller laver au canal. Jusqu'à six, sept heures et le lundi jusqu'à neuf heures du soir. Et après charger la brouette et rentrer chez soi, juste à temps pour manger encore du pain avec de l'huile et aussi quelques feuilles de chicorée, et puis aller dormir. »

Elle respirait assez péniblement. On comprenait que maintenant elle devait s'apitoyer sur elle-même.

« Et le jour suivant, pareil, et l'autre après, et tous les jours du monde. Parce que ça je le sais, je le sais parfaitement : tous les jours du monde. Et là, vous non plus vous ne pouvez pas dire le contraire. »

Elle s'interrompit pour respirer encore : elle n'avait jamais tant parlé de toute sa vie, et moi je la regardais et la regardais, sans dire un mot.

« J'ai une chèvre que j'emmène toujours avec moi : et ma vie, c'est exactement la sienne. Elle vient au fond de la vallée, elle remonte à midi, elle s'arrête avec moi au bord du fossé, et puis je l'emmène au canal et quand je vais dormir, elle va dormir aussi. Et même pour la nourriture, il n'y a pas grande différence, parce qu'elle mange de l'herbe et moi de la chicorée et de la salade, et la seule différence c'est le pain. Et dans quelque temps, je ne pourrai même plus en manger... Comme moi... comme moi. Voilà la vie que je mène : une vie de chèvre. Une vie de chèvre et rien d'autre. »

C'étaient des mots amers : il me semblait bien que d'une manière ou d'une autre je devais dire quelque chose. Je me levai et fis deux pas vers elle.

« C'était cela, Zelinda, que vous aviez mis dans la lettre ?

— Non, dit-elle. — Et la chose me surprit de sa part. Non. Ça, tout le monde le sait, n'importe quel passant le voit et ce n'est même pas la peine de le dire. »

Mais surtout je commençais à la décevoir. Comme de juste.

« Ce n'était pas cela que vous aviez écrit ? Et qu'est-ce que c'était ? A présent que vous m'avez donné un doigt, Zelinda, donnez-moi aussi votre main : je suis là pour vous tendre la mienne.

— Non, non, dit-elle un peu indécise. Vous ne pouvez pas comprendre. J'ai fait partie des Filles de Marie, je suis allée jusqu'à Lorette en pèlerinage, et à pied encore : j'ai fait ce que Dieu exigeait et personne ne peut rien me reprocher. Je n'ai jamais rien fait de bien méchant. Et je pensais que maintenant Dieu pourrait bien me faire un plaisir, parce que je ne lui ai jamais rien demandé. Je ne l'ai jamais dérangé, jamais, en près de soixante-trois ans. Et je ne lui en ai jamais voulu, pas une seule fois. Il pourrait bien me faire un plaisir, voilà. »

Elle s'arrêta de nouveau, car maintenant elle

était vraiment émue : et moi je continuais à la regarder sans dire un mot.

« C'est pour ça que je suis venue chez vous l'autre soir vous demander si chez vous aussi, l'Eglise, on n'oublie pas quelquefois la règle ; et l'histoire du mariage n'était qu'une astuce. J'en ai eu honte toute la nuit. »

Elle s'interrompit à nouveau. Je regardai mes chaussures sans rien dire. Une minute passa, puis deux.

« Alors, vous voulez savoir ce qu'il y avait d'écrit ? » me demanda-t-elle.

Je me bornai à faire oui de la tête.

Elle se décida :

« Bon. Eh bien, je vais vous le dire. Mais alors vous vous tournez de l'autre côté et vous ne me regardez plus. »

Cela aussi, je le fis. Je vous assure que je me tournai vers le mur, comme quand une personne se déshabille. Et pas une seule seconde je ne pensai qu'en nous voyant quelqu'un aurait pu rire de nous.

De toute façon, ç'aurait été son affaire.

Chapitre XIII

« Dans la lettre, il y avait écrit que je comprenais très bien ce que vous dites, vous les prêtres, parce que sinon, malheur, et qui sait où irait le monde. Ça, je le comprenais toute seule. Mais comme mon cas était un cas spécial... Non, non. Ne vous retournez pas. Vous me l'avez promis... Comme mon cas était vraiment spécial, tout à fait différent des autres, et que je savais qu'il le serait toujours, et chaque jour qui passe encore pire (parce que ça je le sais, vraiment, c'est la seule chose que je sache vraiment...) Ne vous retournez pas. S'il vous plaît, continuez à regarder de l'autre côté... Alors, sans faire de mal à personne, je demandais... Non, mais j'imagine déjà ce que vous allez répondre.

— Sans faire de mal à personne...

— Voilà, dans la lettre il y avait ça d'écrit :

est-ce que dans un cas spécial, tout à fait différent des autres, sans faire de mal à personne, quelqu'un pourrait avoir la permission de finir un peu plus tôt ? »

Je me retournai sans avoir bien compris.

« Oui, se tuer... » expliqua-t-elle avec une tranquillité d'enfant.

Et elle se mit à regarder ses sabots.

Tout cela me prit tellement au dépourvu que sur le moment ne me vint aucun mot. Aucun. Mais ensuite, non, ce fut différent : montèrent à mes lèvres des mots et encore des mots, des recommandations, des conseils, des « pour l'amour de Dieu » et des « qu'est-ce que vous dites ? », des sermons, des pages entières et tout ce que vous voudrez. Mais toutes choses comme venues d'un autre, choses anciennes et en outre déjà dites plus de mille fois. Pas un seul mot venu vraiment de moi : et là, en revanche, il fallait quelque chose de nouveau, de moi, et tout le reste était moins que rien.

« Voilà, dit-elle après un moment. Je savais que vous feriez comme ça. »

Et le pire, ce fut qu'elle attendit encore une minute et même davantage. Elle restait là et continuait à espérer.

« Je savais que vous feriez comme ça, répéta-t-elle d'une voix à peine changée. Je l'ai toujours su. Je l'ai dit depuis le premier jour.

— Zelinda... commençai-je, mais si gauchement que me firent honte tous les mots du monde.

— Alors pourquoi avez-vous voulu le savoir ?

dit-elle avec un léger ton de reproche. Vous avez voulu le savoir et maintenant voilà, vous restez là comme ça. »

Elle disparut dans sa maison. Et je restai là, sur la route d'en haut.

Il vous vient de drôles d'idées, parfois.

Je regardai autour de moi. La morte saison allait venir, les brindilles sèches, les moineaux tués par le froid, la nuit à six heures, les fossés gelés, les vieux qui meurent à la file, et la Melide les coud dans leur linceul et je les mène au cimetière d'en haut, et les enfants qui restent toute la saison dans les écuries à se réchauffer au souffle des mulets... Un hiver de cinq ou six mois. Et elle, qu'allait-elle faire, la vieille ?

Je sentais dans mes os l'hiver proche. Je regardai un moment les nuages devenus plus grands qu'un pré, puis me dirigeai vers la cure. Les nuages venaient derrière moi. Toujours derrière, comme s'ils savaient quelque chose. Il vous vient de drôles d'idées, parfois.

Mais, dites-moi, que pouvais-je faire d'autre ?

Chapitre XIV

En décembre, chez nous, les sentiers sont durcis par le froid et le bruit d'un pas s'entend presque d'en bas, du fond de la vallée.

La tête appuyée contre la fenêtre qui donne sur les montagnes, j'attendais depuis une heure et même davantage. Maintenant, l'air commençait à prendre une couleur de neige sale et les maisons alentour étaient plus blêmes et plus froides que la pierre. Il n'y avait personne dans les rues. Un enfant à la gorge couverte de guenilles écrasait son nez contre la vitre.

Un caillou frappa celle-ci. Alors seulement je me secouai.

« Les six vieilles de Bobbio, m'annonça d'en bas le garçon haletant. Je les ai accompagnées jusqu'à la tourbière. Dans moins d'une demi-heure elles seront là. »

C'était vrai. En regardant vers la tourbière, juste au milieu du sentier gelé, il me semblait en vérité voir quelque chose de noir.

Le garçon monta. Ce n'était pas un enfant prodige, il ne récitait pas de poèmes ou que sais-je de semblable, mais à sa manière il devait comprendre quelque chose car en entrant il me regarda comme un malade incurable. Il était vraiment mal à l'aise, le garçon. De plus, il avançait sur la pointe des pieds.

Nous ne disions mot. Les vitres aussi prenaient une couleur de neige sale. L'enfant à la gorge bandée était toujours là, à la même place qu'auparavant. D'une fenêtre sortit un filet de fumée.

« Est-ce que je dois aller m'habiller ? demanda le garçon à voix basse.

— Pas encore, dis-je. Il est encore trop tôt. »

Il resta un instant silencieux.

« La Melide l'a déjà peignée et lavée », m'apprit-il avec une certaine retenue.

Je regardai dans la rue, toujours en direction de la tourbière du haut. Au milieu de toute cette blancheur et de tout ce froid avançait quelque chose de noir.

« A présent, elle doit être en train de coudre le linceul, continua-t-il au bout d'un moment.

— Il est encore trop tôt, répondis-je avec peine. Et puis il faut attendre les pleureuses. Elles ont accepté pour trois cent cinquante lires ?

— Oui. Pour trois cent cinquante. Plus manger quelque chose et dormir ici cette nuit. Elles ont fait sept kilomètres, qu'elles disent.

— C'est juste. »

Toute la pièce était maintenant dans une demi-obscurité et à deux pas de moi, le garçon n'était qu'une tache plus sombre.

« Je vais chercher la lampe ? me demanda-t-il.

— Ça ne fait rien. Laisse. »

Nous restâmes silencieux, comme ça, quatre ou cinq minutes. Puis il me fit peine. Et par-dessus tout, je voulais rester seul.

« Bon. Je crois que c'est l'heure, maintenant, dis-je avec lassitude. Prépare le surplis, le goupillon et tout le reste. Et puis va t'habiller. »

Le garçon partit sur la pointe des pieds. Mais à la porte, il se retourna.

« Les six vieilles de Bobbio m'ont fait comprendre aussi qu'elles voudraient bien quelque chose de chaud. A présent, on se gèle sur les routes, qu'elles disent. »

Je fis oui de la tête. C'était juste. Juste cela aussi. Le garçon s'en alla.

Pendant trois mois, j'étais allé chaque soir au canal, et chaque soir je l'avais trouvée là-bas avec ses guenilles. Sa chèvre fouillait à droite et à gauche. Je m'arrêtais au-dessus de la berge, comme par hasard et jamais plus d'un instant, juste le temps pour elle de m'apercevoir ou de me le montrer. Et puis retour de nouveau à la cure. Pas une seule fois en trois mois elle n'avait fait le moindre signe ni simplement levé la tête. Elle *était encore là*, voilà tout : et moi, de la berge, je voyais qu'elle y était, et le reste ne voulait rien dire. Nous savions très bien tous les deux que nous ne nous parlerions jamais plus, que nous ne nous dirions même pas bonjour en nous rencontrant, mais cela aussi était moins que rien.

Et maintenant, c'était fini. Quelque chose était arrivé, une fois, une seule, et maintenant tout était fini.

Pourtant, je n'éprouvais même pas de douleur, ni de remords, de mélancolie ou quoi que ce soit de ce genre. Je sentais seulement en moi un grand vide comme si désormais plus rien n'avait pu m'arriver. Rien jusqu'à la fin des siècles.

Je faisais les cent pas dans la pièce où pour la première fois elle m'avait si bêtement parlé, je déplaçais un livre, le déplaçais à nouveau, ou tapais comme ça sur une vitre : et maintenant même un enfant aurait pu me conduire par la main. Une absurde vieille, un absurde prêtre : toute une absurde histoire de quatre sous.

Un bruit monta de la ruelle. Les six vieilles de Bobbio arrivaient à l'instant. Toutes les haies avaient gelé. Les six vieilles se réchauffaient en battant des pieds. Un filet de fumée sortit d'une autre maison.

Le garçon monta et frappa à la porte.

« Monsieur le curé, m'annonça-t-il sans entrer. Je cours sonner la cloche. A présent, la Melide a fini.

— J'arrive », dis-je.

Il faisait froid. Décembre est froid chez nous.

Chapitre xv

Et maintenant me voilà.

La vieille est morte. La Melide est morte. Le garçon mène les chèvres dans la montagne.

Je n'ai revu qu'une fois le curé de Braino. Il filait vers la vallée et moi je montais par la route des pâturages.

« Du nouveau, là-haut à Montelice ? » m'a-t-il crié d'en bas en riant.

J'ai écarté les bras :

« Rien de rien. »

Il avait trop engraissé pour que je puisse le lui dire. Toujours en riant, il a continué à filer. Il avait vraiment engraissé.

Ici, en haut, il y a une certaine heure. Les ravines et les bois, les sentiers et les pâturages deviennent d'une couleur vieille rouille, puis violette, puis bleue : dans le soir naissant, les femmes soufflent sur leurs réchauds, penchées au-dessus des marches, et le bruit des clarines de bronze arrive clairement jusqu'au village. Les chèvres se montrent aux portes avec des yeux qui semblent les nôtres.

Alors me vient de plus en plus l'idée qu'il est désormais temps pour moi de préparer mes valises et sans bruit de rentrer à la maison. Je crois même avoir mon billet.

Tout cela est plutôt monotone, non ?

Rivages poche

Rivages poche/Petite bibliothèque
Collection dirigée par Lidia Breda

Achevé d'imprimer le 12 octobre 1992
sur les presses de l'imprimerie A. Robert
116, bd de la Pomme - 13011 Marseille
pour le compte des Editions Rivages
106, bd Saint-Germain - 75006 Paris

Dépôt légal : octobre 1992